D0640593

Ce livre appartient à

La Bergère et le Ramoneur

D'APRÈS

H. C. Andersen

ILLUSTRATIONS

Matthieu Roussel

Mango

© 1995 Éditions Mango
Dépôt légal : janvier 1995
ISBN : 2 7404 0459-X
Impression Publiphotoffset - 93500 Pantin

La Bergère et
le Ramoneur

$\mathcal{A}$vez-vous déjà vu une de ces armoires
anciennes noires de vieillesse et toutes
décorées d'arabesques et de feuillage ?
C'était précisément une de ces armoires
qui se trouvait dans la pièce : elle venait de
la trisaïeule et, de haut jusqu'en bas, elle
était ornée de roses et de tulipes sculptées.

Mais, ce qu'il y avait de plus étrange,
c'étaient ces enroulements d'où sortaient de
petites têtes de cerf avec de grandes cornes.
Au centre de l'armoire, on voyait une sculpture
d'une singulière apparence : un homme qui
ricanait toujours, car on ne pouvait pas dire
qu'il riait. Il avait des jambes de bouc, de
petites cornes sur la tête et une longue barbe.

Les enfants l'appelaient le Grand-général-commandant-en-chef-jambe-de-bouc, nom qui peut paraître difficile à dire, mais titre dont peu de gens ont été honorés.

Enfin, il était là, les yeux toujours fixés sur la console placée sous la grande glace, où se tenait debout une gracieuse et charmante petite bergère de porcelaine.

Elle portait des souliers dorés,
une robe ornée d'une rose
fraîche, un chapeau d'or et
une houlette. À coté d'elle
se trouvait un petit ramoneur,

de porcelaine aussi mais noir comme
du charbon. Il était aussi gentil, aussi propre
que vous et moi. Car ce n'était, en réalité,
qu'un portrait de ramoneur.
Le fabricant de porcelaine aurait tout aussi
bien pu faire de lui un prince ; cela lui aurait
été vraiment égal. Il tenait avec grâce son
échelle sous son bras, et sa figure était rose
et blanche comme celle d'une petite fille ;
ce qui était un défaut qu'on aurait pu éviter
en y mettant un peu de noir.

Il touchait presque la bergère. On les avait
posés là ensemble, et ils s'étaient fiancés. Aussi,
l'un convenait très bien à l'autre : c'étaient
des jeunes gens faits de la même porcelaine,
tous deux également faibles et fragiles.

Non loin d'eux se
trouvait une autre figurine
de porcelaine trois fois plus grande : c'était un
vieux Chinois qui savait hocher la tête. Il pré-
tendait être le grand-père de la petite bergère,
mais il n'avait jamais pu le prouver. Il soutenait
qu'il avait tout pouvoir sur elle, et c'est pourquoi, lorsque Grand-général-commandant-en-
chef-jambe-de-bouc avait demandé la main
de la petite bergère, il la lui avait accordée par
un aimable hochement de tête.

— Quel mari tu auras là ! dit le vieux Chinois,
je crois bien qu'il est en acajou. Il fera de toi
Madame la Grande-générale-commandante-
en-chef-jambe-de-bouc. Il a toute son armoire
remplie d'argenterie, sans compter ce que
recèlent les tiroirs secrets.

— Jamais je ne pourrais entrer dans cette
sombre armoire, dit la petite bergère. J'ai
entendu dire qu'il y a dedans onze femmes de
porcelaine.

— Eh bien, tu seras
la douzième, dit le Chinois.
Cette nuit, dès que
la vieille armoire
craquera, on fera
la noce, aussi vrai
que je suis
un Chinois.

Et là-dessus,
hochant la tête,
il s'endormit.

Mais la petite bergère ne cessait de pleurer en implorant son bien-aimé le ramoneur.

— Je t'en prie, dit-elle, aide-moi à m'échapper, nous ne pouvons plus rester ici.

— Je veux tout ce que tu veux, dit le petit ramoneur. Sauvons-nous tout de suite. Je pourrai bien te nourrir avec mon métier.

— Pourvu que nous descendions sans encombre de la console, dit-elle. Je ne serai jamais tranquille tant que nous ne serons pas hors d'ici.

Et il la rassura, lui montra comment elle devait poser son joli pied sur les rebords sculptés et le feuillage doré, et l'aida aussi avec son échelle. Bientôt, ils atteignirent le plancher.

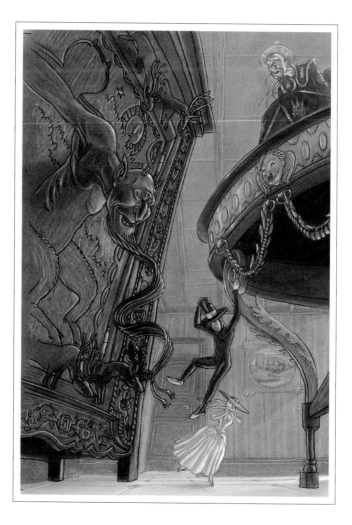

Mais en se retournant vers la vieille armoire, ils virent que tout y était en révolution. Les cerfs sculptés allongeaient la tête, dressaient leurs bois et tournaient le cou. Le Grand-général-commandant-en-chef-jambe-de-bouc fit un saut et cria au vieux Chinois :

— Les voilà qui se sauvent ! Ils se sauvent ! »

Alors, de peur, ils se réfugièrent dans le tiroir situé sous le rebord de la fenêtre.

Là se trouvaient trois ou quatre jeux de cartes dépareillés et un petit théâtre qui avait été construit tant bien que mal. On y jouait précisément une comédie, et toutes les dames, qu'elles appartiennent à la famille des carreaux ou des piques, des cœurs ou des trèfles, étaient assises aux premiers rangs et s'éventaient avec leurs tulipes ; et derrière elles se tenaient

les valets, qui avaient à la fois une tête en l'air
et l'autre en bas, comme sur les jeux de cartes.
Il s'agissait, dans la pièce, de deux jeunes gens
qui s'aimaient mais qui ne pouvaient arriver
à se marier. La bergère pleura beaucoup
car elle croyait que c'était sa propre histoire.
— Cela me fait trop de mal, dit-elle, il nous
faut quitter ce tiroir.

Mais lorsqu'ils posèrent de nouveau le pied sur le plancher et qu'ils regardèrent la console, ils aperçurent le vieux Chinois qui s'était réveillé et se démenait comme un diable.

— Voilà le vieux Chinois qui accourt ! s'écria la petite bergère, et elle tomba sur ses genoux de porcelaine, tout à fait désolée.

— J'ai une idée, dit le ramoneur. Nous allons nous cacher au fond de la grande potiche qui est là dans le coin. Nous y coucherons sur des roses et sur des lavandes et, s'il vient, nous lui jetterons de l'eau dans les yeux.

— Non, ce serait inutile, lui répondit-elle. Je sais que le vieux Chinois et la potiche ont jadis été fiancés, et il reste toujours un fond d'amitié après de pareilles relations, même longtemps après.

Non, il ne nous reste pas d'autre moyen que
de nous échapper dans le monde.

— En as-tu réellement le courage ?
dit le ramoneur. Le monde est fort vaste.
As-tu songé que nous ne pourrons plus jamais
revenir ici ?

— J'ai pensé à tout, répliqua-t-elle.

Le ramoneur la regarda fixement
et dit ensuite :

— Le meilleur chemin pour moi passe par
la cheminée. As-tu réellement le courage de
te glisser avec moi dans le poêle et de grimper
le long des tuyaux ? C'est par là seulement
que nous arriverons dans la cheminée, et là,
je saurai bien me retourner. Il faudra monter
aussi haut que nous pourrons et, tout à fait
en haut, nous parviendrons à un trou par
lequel nous entrerons dans le monde. »

Il la conduisit à la porte du poêle.

— Dieu ! qu'il y fait noir ! s'écria-t-elle.
Mais elle l'y suivit, et de là dans les tuyaux,

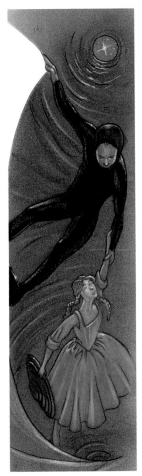

où il faisait une nuit noire
comme la suie.

— Nous voilà maintenant
dans la cheminée, dit-il.
Regarde, regarde là-haut la
magnifique étoile qui brille.

Il y avait en effet dans le
ciel une étoile qui semblait
les guider par son éclat : ils
grimpaient, ils grimpaient
toujours. C'était une route
affreuse, si haute, si haute !
Mais il la soulevait, il la
soutenait et lui montrait les
meilleurs endroits où poser
ses jolis pieds de porcelaine.

Ils arrivèrent ainsi
jusqu'au rebord de la
cheminée, où ils s'assirent
pour se reposer, tant ils
étaient fatigués.

Le ciel avec toutes ses étoiles s'étendait au-dessus d'eux, et les toits de la ville s'inclinaient bien au-dessous. Ils promenèrent leur regard très loin autour d'eux, bien loin dans le monde. La petite bergère ne se l'était jamais figuré si vaste. Elle appuyait sa tête sur l'épaule du ramoneur et sanglotait si fort que des larmes tachèrent sa ceinture.

— C'est trop, dit-elle. C'est plus que je n'en puis supporter. Le monde est bien trop grand. Oh ! pourquoi ne suis-je pas encore sur la console sous la glace ! Je ne serai pas heureuse avant d'y être retournée. Je t'ai suivi dans le monde. Maintenant, ramène-moi là-bas si tu m'aimes véritablement. »

Et le ramoneur lui parla raison. Il lui rappela
le vieux Chinois, et le Grand-général-
commandant-en-chef-jambe-de-bouc.
Mais ses pleurs redoublèrent, et elle embrassa
son petit ramoneur, si bien qu'il ne put faire
autrement que de céder, quoique ce fût insensé.

Ils se mirent à descendre à grand-peine par
la cheminée, se glissèrent dans les tuyaux
et arrivèrent au poêle. Ce n'était pas, certes,
un voyage d'agrément, et ils s'arrêtèrent à
la porte du poêle noir pour tenter de savoir
ce qui se passait dans la chambre.

Tout y avait l'air tranquille. Ils mirent la tête dehors pour voir.

Mais le vieux Chinois gisait au milieu du plancher. Il était tombé en bas de la console en voulant les poursuivre et il s'était brisé en trois morceaux : tout le dos s'était détaché du reste du corps et la tête avait roulé dans un coin. Le Grand-général-commandant-en-chef-jambe-de-bouc gardait toujours la même position et réfléchissait.

— C'est terrible, dit la petite bergère, le vieux grand-père s'est brisé, et c'est nous qui en sommes la cause ! Oh ! je ne survivrai jamais à ce malheur !

Et elle tordait ses petites mains.

— On pourra encore le recoller, dit le ramoneur. Oui, on pourra le recoller. Allons, ne pleure pas. Si on lui recolle le dos et qu'on lui met une bonne attache à la nuque, il sera aussi solide que s'il était tout neuf et pourra encore nous dire beaucoup de choses désagréables.

— Tu crois vraiment ? dit-elle.

Et ils remontèrent sur
la console où ils avaient
toujours été placés.

— Voici où nous en sommes
arrivés, dit le ramoneur.
Nous aurions pu nous épargner
toute cette peine.

— Oh ! si seulement notre vieux grand-père
était recollé ! dit la bergère. Est-ce que cela
coûte cher ?

Et le vieux Chinois fut recollé. On lui mit
aussi une attache dans le cou, et il devint
comme neuf. Seulement, il ne pouvait plus
hocher la tête.

— Vous faites bien le fier depuis que
vous avez été cassé, lui dit le Grand-général-
commandant-en-chef-jambe-de-bouc. Il me
semble que vous n'avez aucune raison de vous
tenir si raide. Enfin, voulez-vous me donner
la main de votre petite fille, oui ou non ?

Le ramoneur et la petite bergère jetèrent
sur le vieux Chinois un regard attendrissant :
ils redoutaient qu'il ne se mît à hocher la tête,
mais il ne le pouvait plus et il aurait eu honte
d'avouer qu'il avait une attache dans le cou.

Grâce à cette infirmité, les deux jeunes gens
de porcelaine restèrent ensemble. Grâce à
l'attache du vieux Chinois, ils s'aimèrent
jusqu'au jour fatal où ils furent eux-mêmes
brisés.